CADET ROUSSEL

MISANTROPE

ET

MANON REPENTANTE,

FOLIE EN UN ACTE,

Représentée sur le Théâtre des Variétés, jardin Égalité, le 4 floréal, an 7.

(Par Clarde, Augustin Hapdé et J. Flan, deprecis

A PARIS;

Chez le Libraire, au Théâtre du Vaudeville, rue de Malthe;
Et à son Imprimerie, rue des Droits-de-l'Homme, N°. 44.

AN VII.

PERSONNAGES DU PROLOGUE.

FONTALBE.

VALMIN.

DACIER.

MELCOUR.

HABITUÉS.

La Scène est au foyer du Théâtre Français.

LE FOYER

DU THÉATRE FRANÇAIS,

PROLOGUE.

SCÈNE PREMIÈRE.

FONTALBE, DACIER, VALMIN, MELCOUR, HABITUES.

DACIER.

Tɛ voilà, mon ami, complètement battu.

FONTALBE.

Non, les amis des arts, des mœurs, de la vertu,
En dépit des jaloux, qu'un long succès outrage ;
Au rang des bons écrits ont placé cet ouvrage.
Malheur au cœur glacé qu'il ne peut émouvoir,
Qui des pleurs, des remords a bravé le pouvoir !
L'époux qui voit Meinau sans retrouver une ame,
Celle qui sans gémir peut entendre la femme
De cet infortuné, si grand dans ses revers,
Dans l'ordre social sont des êtres pervers.
Vainement de l'envie a sifflé la couleuvre ;
Ce drame est un trésor, ce drame est un chef-d'œuvre ;
J'ai le public entier pour juge et pour témoin ;
Parles !

TOUS.

Il a raison.

A 2

DACIER.

Epargne-toi le soin
D'offrir à mes regards les charmes d'Eulalie ;
Va, plus que tu ne crois, mon ame en est remplie ;
L'écrivain qui traça son sublime abandon,
Son repentir sacré, ses tourmens, son pardon,
A mérité, reçu le tribut de mes larmes.

FONTALBE.

Et c'est en critiquant, c'est en prenant les armes
Du censeur impuissant, qui vit du mal qu'il fait,
Que tu prétends ici reconnaître un bienfait ?

DACIER.

Adresse ce reproche au vil folliculaire
Qui proclame Ronsard pour abaisser Voltaire ;
Dont le faux goût séduit par un masque nouveau,
Voit le grand dans l'emphase et foule aux pieds le beau,
Au prôneur éternel de ces fades saillies,
De ces vers brillantés nés dans ses coteries ;
A l'homme qui vendant et sa plume et son fiel,
Ne voit qu'avec mépris un tableau naturel,
Place Voiture aux cieux, Vadé dans la poussière,
Et daigne pardonner aux buveurs de Teniers :
Sans doute il n'entendit jamais dans ce séjour
Les accens d'Eulalie et la voix de l'amour.

FONTALBE.

Des censeurs cependant ton nom grossit la liste ;
Dans la feuille d'hier......

MELCOUR.

Il est donc journaliste ?

DACIER.

J'en exerce les droits en homme, en citoyen.

FONTALBE.

Mais il ne suffit pas d'être un homme de bien ;
Il faut pour le remplir, au terme où nous en sommes,
Connaître la vertu, les livres et les hommes.

DACIER.

C'est à ce but heureux que tendent mes efforts.

FONTALBE.

Eh ! pourquoi donc avoir condamné les transports
Qu'à tous les cœurs émus un bel ouvrage inspire ?

DACIER.

Vous m'avez mal compris. J'ose vous le redire :
J'ai pour l'heureux progrès des arts et des talents,
Séparé de l'or pur quelques faux ornemens,
D'autant plus dangereux qu'ils brillent dans l'ouvrage
Dont les seules beautés ont droit à notre hommage.

VALMIN, *qui s'est avancé pour écouter.*

Il a raison, morbleu, pourquoi tout admirer ?
Quand le modèle est grand, c'est vouloir consacrer
Les défauts qu'il renferme et dont le goût s'offense.

FONTALBE.

Bravo, bien ; appuyez, venez à sa défense,
C'est ainsi qu'au parterre il dicte ses arrêts.

VALMIN.

Pourquoi pas ; nous savons distinguer les grands traits,
Indiquer l'endroit faible, et d'un culte idolâtre
Préserver prudemment les amis du théâtre.
Duménil et Grandval que j'ai long-tems suivis,
Se sont fort bien trouvés par fois de mes avis.
Aux auteurs, aux acteurs je montrais les nuances,
L'expression, le goût, le tact des convenances.

A 3

Tenez, en trente-cinq.... pendant le grand hiver,
On jouait Mdozernof aux Français.

FONTALBE.

Et mon cher,
C'est au fort de l'été que cette tragédie
Fit que le spectateur se crut en Sibérie.

VALMIN.

Bien répondu ; la pièce est un enfant du Nord,
Elle vint froidement expirer sur ce bord.

. . . .
. . . .

Il me faut des tableaux dont je sois pénétré ;
Il faut parler au cœur.

FONTALBE.

Vive Misantropie !
Vérité dans le jeu, chaleur, force, énergie,
Tout dans un bel accord frappe et charme à la fois.

VALMIN.

Oui, mais je n'aime pas, mon cher, le pont chinois
Qui paraît si solide et qui soudain se casse,
Afin que Meinau sauve un homme qui le passe.
Un semblable moyen......

FONTALBE.

Amène de grands traits.

VALMIN.

Il s'emble que ce pont s'écroule tout exprès.

FONTALBE.

C'est au front de Vénus observer une tache.

VALMIN.

On voit par ce moyen l'inconnu qui se cache.
C'est fort bien, mais enfin......

FONTALBE.

Et voilà donc le prix
Des nobles fruits des arts, des plus rares écrits?
O fureur d'insulter aux trésors du génie!

DACIER.

Offensa-t-on l'auteur de Phédre et d'Athalie,
Quand on osa prouver que Théramène en deuil
Mêla l'or au cyprès et le faste au cercueil,
Quand d'un lambeau de pourpre on lui fit le reproche?

VALMIN, *à part, riant.*

Il est assez adroit dans les traits qu'il décoche.

DACIER.

Si l'auteur de Brutus, si l'auteur de Cinna,
Après les grands tableaux que leur main crayonna,
Après tous les trésors qui donnent à la France
Sur les peuples divers gloire et prééminence,
Ont vu dans leurs écrits, éternels monumens,
Relever un défaut, quelques vains ornemens.....

FONTALBE.

A plus forte raison, il faut juger le drame,
Faire pleuvoir sur lui les traits de l'épigramme?

DACIER.

Toujours exagéré.

FONTALBE.

Toujours injuste et froid.

(*Valmin qui, pendant ce dialogue, a reçu des mains d'un
assistant un papier public, éclate de rire.*)

DACIER.

Quels éclats! quels joie!

VALMIN, *éclatant de rire.*

Oh! cette annonce doit

Pendant un mois entier te remuer la bile.

FONTALBE.

A moi ! Voyons :

VALMIN.

A toi ; — l'on va changer de style....
Le rire après les pleurs. — On va dans ce moment, (*il rit.*)
On va parodier l'œuvre du sentiment.
Lisez :

FONTALBE.

Rien ne m'étonne.

VALMIN.

O dans quelle enveloppe
On va nous présenter Meinau le misantrope !

DACIER.

L'ouvrage est annoncé ?

VALMIN.

Représenté ce soir.

FONTALBE.

O quel indigne abus !

DACIER.

Le titre ?

VALMIN.

Tu vas voir. (*il rit.*)
C'est....Cadet misantrope et Manon repentant .

FONTALBE.

Comment ?

VALMIN.

C'est aujourd'hui ; la preuve est évidente.
J'en suis : — viens avec nous.

FONTALBE, *sortant.*

Vous me faites pitié.

DACIER.

Nous avons pour toujours perdu son amitié.

VALMIN.

Oh ! je veux assister à ce tableau bizarre.
Vite , un cabriolet.... cinq heures et demi ;
Allons, Dacier , partons.

DACIER, *souriant.*

Ecoute , mon ami,
C'est peut-être risquer une frivole chance :
Je doute que Roussel et son extravagance,
Provoque autant de ris par ses propos railleurs,
Que la tendre Eulalie (*) a fait couler de pleurs.

VALMIN.

Ce n'est pas tout cela , mon cher, que je calcule :
Viens, viens ; nous sifflerons si cette farce est nulle.

FIN DU PROLOGUE.

(*) La manière sublime et touchante dont ce rôle et celui de *Meinau*
ont été joués par le C. *St.-Fal* et la Citoyenne *Simon*, est au-dessus
de tout éloge.

PERSONNAGES.	ARTISTES. CC. et C^{ces}.
L'Inconnu, CADET, sous le nom de MENU.	Brunet.
MANON, sous le nom de MAGDELEINE.	C^{ne}. Corse.
Mme. ANGOT.	Corse.
ROCH.	Volange.
BALIVAR.	Dubois.
DUTAILLIS.	Bonioli.
VANTADOUR.	Guibert.
PIERRE.	Aude neveu.
CATONNET.	Raffite.

La scène est à l'Isle d'Amour, chez Balivar, traiteur à Belleville.

CADET MISANTROPE,

ET MANON REPENTANTE,

FOLIE.

Le Théâtre représente le jardin de l'Isle d'Amour à Belleville; dans le fond est un cabinet occupé par Menu et le jeune élève qu'il a pris avec lui dans la disparition : des tables et des chaises annoncent une guinguette.

SCÈNE PREMIÈRE.

PIERRE, *seul, attrapant des mouches.*

DE cette fois-là, je la tiens. (*Il presse sa capture et la jette avec colère.*) Y en a des fourmilieres, je crois, c'est comme un sort : on ne voit que ça sur les tables, dans les pintes (*Il enguette d'autres*). En velà-t-il ? Tu ne piqueras pas le monde, toi : oui, mais il y en a des milliards. C'est la faute à mon père aussi. Il croit comme ça lui que d'avoir un ruisseau qui tourne sans bouger avec un pont de bois dessus pour la vue, il a fait son Isle d'Amour, à la haute Courtille.... Eh bien, ce pont, cette marre d'eau qui engendre tout ça, n'était pas pus utile à son affaire, que je ne le suis ici à présent; car enfin, qu'ès que j'y fais ? qu'ès que j'y dis ! (*Il prend une autre mouche à la volée.*) Pas bête.... Au bout du compte, je n'ai rien de pressé, et que je fasse une chose ou l'autre, il faut bien commencer par quelque chose:...,

Velà toujours l'affaire en train ; les bancs, les serviettes, tout est en ordre : je n'aurai pas les bras croisés tout-à-l'heure. Il va nous arriver un monde.... C'est comme ça tous les lendemains de décade, et je suis d'une fière utilité dans tout ça, quand ce ne serait que pour répéter ce que mon père dit, et puis pour aider notre gentille Magdelaine à faire ses bonnes actions.... C'est levé dès le point du jour ; elle ne fait pas un pas, elle ne gagne pas un liard qui ne soit pour les pauvres gens. Notre malheureux voisin, ce pauvre aveugle, qui a tout perdu, excepté son chien, qu'il aime comme ses yeux, eh bien, ce pauvre homme serait mort de froid et de faim sans cette charitable créature. Que je ne m'appelle pas Pierre Balivar, fils puiné du bourgeois de l'Isle d'Amour, si je dis un mot de plus sur ce vieux Roch et Magdelaine. Si mon père savait ça, il se fâcherait ; c'est un drôle de corps que mon père.... Ah ! le velà.

SCÈNE II.

BALIVAR, PIERRE.

BALIVAR.

ALLONS donc, voyons donc, musar ; pus vîte que ça, à la cuisine.

PIERRE.

Quelle presse ! mon père. Ne dirait-on pas que la foire est sur le pont ? Eh ! il n'y a encore personne ici.

BALIVAR.

Oui, et la mère Angot qui monte aujourd'hui avec sa compagnie de quintidi dernier ! un exprès arrivé de sa part, avec cette lettre qui m'annonce qu'elle vient dîner en société encore aujourd'hui, elle et ses amis.

PIERRE.

Ah ! ah ! velà encore des surprises ; j'aime ça. C'est-y là sa lettre ?

BALIVAR.

Oui, tiens, écoute, preuve de ça. C'est un repas cossu qu'il leur faut. C'est du numéraire qui nous arsive. (*Il lit.*)

» Citoyen Balivar, la présente est pour avoir celui de vous prévenir de la surprise d'une nouvelle partie que j'ons arrangée pour aujourd'hui moi, mon gendre Dutaillis, et entr'autres personnes, Barthelemi Vantadour, mon beau-frère, comme vous savez, arrivé de Nevers, chirurgien-major de la rue aux Ours. Il s'agit d'une table servie avec prévention et d'un festin z'incompétent pour une société de six à quatorze payans. Ne nous attablez pas comme l'autre fois dans votre grand sallon. Je voulons à part un recoin de cabinet particulier, avec lequel j'ai celui d'être votre amie et parente du côté des Bernards. Suzanne Canillet, veuve Angot ».

PIERRE.

C'est facile ça.

BALIVAR.

Pas trop : A savoir si cet olibryus que nous ne connaissons pas, voudra céder ce pavillon qu'il occupe au fond du jardin. Il faut ben ce local pour une tablée de ce genre.

PIERRE.

Oh ! que oui ; vous n'avez qu'à lui envoyer Magdelaine, qui lui dégoisera ça gentiment, et je suis sûr qu'elle viendra-tà bout de le faire en aller pour un jour.

BALIVAR.

Baht ! en aller, oui, ma foi, c'est un sournois, un homme.... on ne sait trop ce que c'est. Un ours pour éviter le monde, ne disant rien, courant toujours....

PIERRE.

Cependant il faut prendre un parti; car on ne peut rien refuser à cette mère Angot, c'est une fière pratique.

BALIVAR.

Et puis, alliée de notre fille; c'est ben sous cette considération que j'ai pris cette fille qu'elle a placée ici.

PIERRE.

Magdeleine ! la bonne Magdeleine ; je le sais ben.

BALIVAR.

Oui , la pleureuse; chacun a son tic ici. On ne sait pourquoi ; je suis assez content de cette fille ; mais c'est comme l'autre une énigme. On est pourtant ben aise de savoir qui on reçoit , pourquoi on le reçoit, et avec qui on vit.

PIERRE.

Allons , mon père, je vas mettre la main à l'œuvre.

BALIVAR.

Et bien oui, mon ami, va, va, je me repose sur toi, je connais tes moyens.

SCÈNE III.

CATONNET, BALIVAR.

(Catonnet tire Balivar par le pan de son habit.)

BALIVAR.

Hem ! qu'ès que c'est ?

CATONNET.

Citoyen Balivar, voulez-vous me faire un plaisir ?

BALIVAR.

Qui est ?....

CATONNET.

De vous en aller.

BALIVAR.

Et pourquoi cela, Catonnet ?

CATONNET.

Parce que mon maître veut se promener, et qu'il m'a dit comme ça : Vas voir, dit-il, s'il n'y a personne au jardin ; et comme vous savez qu'il n'aime pas à y venir quand il y a quelqu'un, que vous y êtes, que vous êtes un quelqu'un, je viens vous prier instamment de nous laisser libres.

BALIVAR.

C'est un drôle d'homme que ton bourgeois ; dis-moi donc ce qu'il a.

CATONNET.

Il doit me le conter.

BALIVAR.

Qu'ès qu'il est ?

CATONNET.

C'est un bien brave homme.

BALIVAR.

Mais son état, son état ?

CATONNET.

Son état !.... Il n'en a pas.

BALIVAR.

Que fait-il ?

CATONNET.

Il voyage.

BALIVAR.

Est-il de ton pays ?

CATONNET.

Ma foi, j'en sais r'en.

BALIVAR.

Il faut qu'il ait eu des malheurs.... des procès.

CATONNET.

Oh ! par exemple, sur cet artique-là.... je peux vous dire qu'il ne m'en a jamais ouvert la bouche.

PIERRE, *de la coulisse.*

Mon père ! mon père !

CATONNET.

On vous appelle.

BALIVAR.

Oui, j'y vais. Allons, au revoir, Catonnet. (*Il sort.*)

SCÉNE IV.

CATONNET, *seul.*

Heureusement.... Ma foi, je ne voyais pas d'autre moyen de le faire déguerpir. A présent, mon bourgeois peut venir quand il voudra.... Je n'ai pas besoin de faire le signal.... le voilà.

SCENE

SCÈNE V.

GUILLAUME MENU, CATONNET,
PIERRE, *derrière* MENU.

PIERRE, *traverse la scène, l'épie et se cache.*

MENU, *sombre et rêveur.*

EH bien, qu'ès qu'il veut, qu'ès qu'il veut? que me veux-tu?

PIERRE, *s'en allant.*

Comme il est farce !

MENU.

Animal !

CATONNET.

Vous velà donc revenu de chez l'aveugle?

MENU.

Qu'ai-je à faire là ?

CATONNET.

Vous ai-je t'y menti ?

MENU.

J'ai trouvé ce petit drôle qui prend sa course.

CATONNET.

Eh ben, ça regarde-t-il ce pauvre misérable que vous pouvez obliger? Un enfant....

MENU.

Il s'entend avec l'aveugle, je te dis; mais ils ne me feront pas. J'ai vu courir le loup. Comme ils feraient des moqueries de moi, si je leux lâchais la pièce en Jobar...

B

CATONNET.

Si vous connaissiez la déplorable situation de ce vieillard qui n'a rien du tout.

MENU.

Allons, allons, raisonne, déclame comme quand tu jouais les rôles de maître à l'Estrapade....

CATONNET.

La voix perçante du malheur....

MENU.

Tais toi donc. Tu n'es que domestique ici; parle comme ton état le permet.

CATONNET.

Ses longs et douloureux revers....

MENU.

Tu m'endors (*Il le singe,*) imbécille; ès qu'un homme de mon acabit change de sentimens sur rien. Quand j'ai dit un oui... c'est que je sais la raison du pourquoi... Il faut avoir du caractère.

CATONNET.

Si vous connaissiez ce vieillard.

MENU.

Tais toi donc, bavard; si je connaissais, si je connaissais ! Ecoute : un feseur de comédie dans le genre terrible l'a dit, l'auteur de la princesse du Poitou. Voici l'expression de la parole qu'il a mis dans ses livres, pour garantir un queuque z'un d'honnête des liaisons d'hasard qu'on fait bien souvent pour sa disgrace : Malheur à l'individu z'imprudent qui fait connaissance avec un individu qu'il ne connaît pas.

CATONNET.

C'est juss !.... mais il faut....

MENU.

Vous taire et me laisser à mes réflexions concentrées, ou parler à d'autres personnes du bien que fait à cet aveugle, que je ne connais pas; cette Magdeleine, que je n'ai pas vue, et dont on dit tant de bien devant moi, afin que j'écoute quand je lis. (*Il lit.*)

CATONNET.

Et on ne dit rien de trop. Interrogez la Haute-Courtille, c'est un écho perpétuel qui retentit à sa louange; c'est un modèle de vertu; obligeante comme personne, triste comme tout, des paroles de miel sur sa bouche, l'enfer et une musique funèbre dans le cœur, puisqu'on prétend qu'il y a des cordes dont on tire des sons douloureux dès qu'on y touche.... Le velà rabsorbé de rechef. Il ne m'entend pas.

MENU.

Oh ! que si, que je reluque ben par intervalle quand on parle de cette fille. (*Il se lève précipitamment.*) Je veux savoir ce qu'all'est, qu'ès qu'all'est cette Magdeleine : pourquoi m'en parle-t-on toujours? ès-ce un fait exprès? Je ne la connais pas, je ne l'ai pas vue; mais elle a toujours été d'avance ou ès que je va.

CATONNET.

Cela doit vous rendre content.

MENU.

Content !

CATONNET.

Je ne l'ai vue qu'une fois, mais c'est du genty : Je le dis, je parie que votre hymeur passe, si vous faites connaissance avec elle.

MENU.

Moi, moi, jamais. Oh ! je connais le numéro.

Comment, sa bienfaisance envers le pauvre Roch?..

CATONNET.

Attrape minettes que tout ça. Je ne viens pas du coche aujourd'hui. Façons, tricheries, grimaces.

La vertu qu'on fait voir pour mieux cacher le vice,
La poison qu'on prépare avec tant d'artifice,
Voilà le truc d'un sesque aussi trompeur que vain,
Que je ne veux plus voir jamais qu'avec dédain.

CATONNET.

Mais celle-là....

MENU.

Ne me parlez plus de rien : laissez-moi lire, laissez-moi lire. Les hommes, les femmes .. fini n-i ni fini.

CATONNET.

Il faut qu'on vous ait diablement travaillé.

MENU.

De toutes les façons, de toutes les couleurs, bamboches sur bamboches.

CATONNET.

Quel drôle d'état?.... Velà que ça s'appaise : il reprend son livre. Pour lui la nature est sans charmes, la vie sans attraits.... Tiens, comme j'ai trouvé ça : pas mal phrasé pour un domestique. Il finira par se détruire. S'il fesait connaissance de quelque créature vivante, s'il se fesait jardinier ; mais il n'ouvre jamais la bouche que pour en laisser sortir un torrent de jurons contre le genre humain.

MENU, lisant tout haut.

Hélas ! tout se retrace alors à notre idée ;
L'imagination par l'amour secondée,
De l'être *sensitif* agitans les ressorts,
Ebranle dans son sein les *fifres* de son corps.

O déplorable effet des passions humaines !
Un jour unit les cœurs, un jour brise leurs chaînes ;
Tout s'use, rien ne dure : habits, femmes, appas,
Tout périt. . . . excepté ce qui ne périt pas.

SCÈNE VI.

LES MÊMES, ROCH, *et son chien.*

CATONNET.

C'EST superbe ; mais ça ne m'empêchera pas de faire une phrase de philosophe. Pour penser à rien, il faut s'étourdir sur tout.

ROCH.

AIR : *Des cantiques*

Ah ! quel plaisir, après une décade,
De se sentir échauffer du soleil !
Je le revois : je ne suis plus malade ;
C'est un bonheur à nul autre pareil.
   Plus d'humeur noire :
   Salut et gloire
   Aux doux rayons
   De l'astre des saisons.

CATONNET.

Tenez, voyez, entendez l'aveugle ; il parle du ravissement de sa joie, et il est pauvre comme Job.

MENU, *baissant son livre.*

Je vois ben ça : c'est l'histoire de l'espérance. (*A part.*) Moi z'aussi j'avais l'espérance et de l'amour et de la gloire. Le théâtre et Manon, tout est flamblé pour moi. (*Il continue sa lecture.*)

CATONNET.

Et bien, brave voisin, comment va la santé ?

B 3

ROCH.

Mais ça reprend un peu.

CATONNET.

Grace à la plus gentille des créatures, qui, dit-on, vous a remis sur pied. Elle a pourvu à vos besoins.

(*Menu écoute.*)

ROCH.

Oui, j'ai à-peu-près ce qu'il me faut, excepté les choses de première nécessité qui me manquent.

CATONNET.

Ah !

ROCH.

Quoique ça, je me trouve content. Par exemple, aujourd'hui, je suis la plus heureuse créature que le soleil éclaire. Si je vous disais mon malheur, ma longue et déplorable histoire.... Il y a quarante ans que....

CATONNET.

Tenez, je vous dis une chose; ce recit n'est pas nécessaire ici : ça ne fera que retarder les affaires.

ROCH.

Sachez au moins comment je me mariai, la mort de mon père, le caractère de ma femme, le nombre de mes enfans.....

CATONNET.

Inutile, je vous dis ; nous avons d'autres gerbes à lier,

ROCH.

Que je vous parle au moins de mon pauvre barbet, de mon ami fidèle, Vous riez. Il n'y a pas de petits détails pour les grandes ames. Je voudrais dégager....

CATONNET.

Il parle comme un dieu,

MENU, *sans être vu, ni entendu.*

Superbe ! digne d'être moulé ! détails tragiques !

CATONNET.

O ! mon bourgeois, pardon, si j'ai celui d'interrompre votre affliction. Ah ! si vous l'aviez entendu !

MENU.

Je l'ai entendu.

CATONNET.

Et ben ! c'est-y du nouveau ?

MENU, *après une pause.*

Tiens, va porter ce livre dans le pavillon ; et ouvre la fenêtre de perpective, pour que je voie tout du côté du pont Chinois. Va donc.

CATONNET.

Vous me renvoyez comme ça, dans un si joli moment. Je parie que j'en devine le pourquoi, et tout le monde avec moi.

MENU.

Il a raison.

CATONNET.

Puisq'hier, ce matin, vous m'avez confié que vous le cherchiez à l'imitation de Magdeleine, pour lui faire du bien. Ainsi....

MENU.

C'est égal, va porter le livre ; je ne veux pas que tu saches ce que je fais même quand je te le confie. L'aveugle te le diras après s'il veut. Va-t-en porter ce livre, ou bien.... tiens, tourne-toi seulement.

CATONNET, *se tournant pour laisser faire la bonne action.*

A la bonne heure, allons, voyons, allez....

MENU, *à Roch.*

Je viens d'entendre que tu voulais dégager....

B 4

ROCH.

Oui, mon brave homme.

MENU.

O restes précieux de mes habits tragiques !.... Mon ami, retire les tiens. (*Il se sauve précipitamment.*)

SCÈNE VII.

LES MÊMES, *excepté* MENU.

ROCH.

QU'EST-CE que c'est que ça ? C'est-y dieu possible ? un rouleau.

CATONNET.

Voyons, voyons.

ROCH, *transporté de joie, et sans l'écouter.*

AIR : *Tire lire en plan.*

Qui l'aurait dit ? quel trésor !
C'est de l or.
O quel coup du sort ;
Rien n'égale le transport
De mon joyeux délire.

CATONNET, *l'interrompant et regardant.*

Et ben, voyons donc, combien y a-t-il ? Ah ! des gros sols.

ROCH.

Ran tan plan, tire lire,
Tout ce que je desire,
Je le reçois à l'instant,
En plein, plan,
Lire en plan, tire lire en plan.
Allons vite, allons nous en,
Je n'ai plus rien à dire.

(*Il sort en chantant le refrain de ce couplet.*)

CATONNET, *chantant et dansant*

Allons, vive Roch et son chien ! Quelle expension de joie !

SCÈNE VIII.

CATONNET, *seul.*

SUIVONS-LE. J'en veux être le témoin jusqu'au bout.

SCÈNE IX.

MAGDELEINE, CATONNET.

MAGDELEINE, *l'appelant.*

DITES-DONC?

CATONNET.

Qu'ès qu'il y a?.... Tiens, c'est cette Magdeleine.

MAGDELEINE.

N'ès-ce t'y pas vous qu'êtes au service de vot' bourgeois

CATONNET. .

J'ai cet honneur-là.

MAGDELEINE.

Not' maître vient de chez lui. Il était sorti, il ne l'a pas trouvé.

CATONNET.

Peine perdue ; il ne voit personne.

MAGDELEINE.

L'aubergiste Balivar a cependant besoin du local du

pavillon aujourd'hui, pour un repas de particuliers de Paris, des hommes, des femmes. Velà la lettre qu'il a reçue de mame Angot.

CATONNET.

Ah ! ben oui, des femmes. Mon bourgeois paie la location de son domicile ; il n'entre personne cheu lui.

MAGDELEINE.

Faites-moi le plaisir alors....

CATONNET.

Oh ! en velà assez de dit. Que Balivar n'y compte pas.

SCÈNE X.

MAGDELEINE, seule.

Il y retournera lui-mème, ou je me chargerai de la commission. Je ne sais pas pourquoi j'ai envie d'entendre une fois cet homme qui ne parle jamais à personne. Il pleure toujours : c'est bien la société qui conviendrait z'à l'expension de ma douleur, et non pas cette compagnie de mame Angot, qui m'a placée ici par l'intérêt que je lui ai t'inspiré sans me connaître. Velà qu'elle vat arriver avec les autres. Ils voudront que je fasse comme eux ; et comment boire, rire et se balancer, avec les remords d'une conscience qui me rend tout insipide sur terre ; et si parmi tous ces amis, il se trouvait quelques personnes de connaissance au vis-à-vis de moi, queu front z'il faudrait baiser devant eux. Ah ! queu position de disgrace pour une femme qui n'avait pas un zeste à se reprocher avant de commencer à mal faire !

SCÈNE XI.

MAGDELEINE, BALIVAR.

BALIVAR, *de la coulisse, aux arrivans.*

VOUS aurez le pavillon, je vous dis ; venez toujours.... Magdeleine, voici notre monde.

MAGDELEINE.

Cette joie ne me convient guères.

BALIVAR.

Je ne peux pas rejoindre cet original. Où vas-tu?...

MAGDELEINE.

Je vais tâcher de voir s'il n'est pas....

BALIVAR.

Non, reste ici ; les velà tous ; j'ai besoin de toi. Velà ta bienfaitrice, Magdelon.

SCÈNE XII.

LES MÊMES, Mad. ANGOT, VANTADOUR, DUTAILLIS, PIERRE.

MAGDELEINE.

MAME Angot !

Mad. ANGOT.

Eh ! Magdelon, ma chère Magdelon, embrasse-moi, ma chère enfant.

MAGDELEINE.

J'ai toujours celui d'être pénétrée de vos bienfaits.

VANTADOUR, à *Dutaillis.*

Le joli corps de femme, Dutaillis.

DUTAILLIS.

Lucrèce en personne ; c'est un amour.

Mad. ANGOT, *la carressant toujours.*

Encore, ma belle Magdeleine. Mais pas de lamentations devant moi, je veux et je prétends que ma présence te réjouisse, et que tu t'amuses avec nous.

MAGDELEINE.

Mame Angot ?

Mad. ANGOT.

Encor des soupirs.

MAGDELEINE.

Il y a des maladies sans remède.

DUTAILLIS.

Erreur, mensonge, obstination. Le baume de l'amitié versé sur les cicatrices du cœur....

VANTADOUR.

Les guérit radicalement ; il a raison, il a raison.

DUTAILLIS.

Ce n'est pas moi : ce sont les anciens qui ont raison ; lisez l'histoire de Cléopatre.

Mad. ANGOT.

A l'amende, mon gendre, à l'amende ; vous m'avez promis ce matin de ne plus parler de l'histoire ; ça s'use à la fin.

VANTADOUR.

Votre protégée me regarde.

Mad. ANGOT.

C'est un de mes cousins germains, mon enfant,

homme de capacité dans les drogues, chirurgien-major ambulant, avec une musique superbe. Il vient de Nevers. Nous le possédons depuis trois jours : le velà fisqué z'à Paris.

VANTADOUR.

Elle est intéressante au possible.

Mad. ANGOT.

Pardienne, je connais mon monde au coup-d'œil.

BALIVAR.

C'est un trésor pour la maison.

PIERRE.

Un trésor pour la maison.

Mad. ANGOT.

Tu entends, ma fille ?

MAGDELEINE.

Je ne suis pas sourde pét-ête; j'en remercie le bourgeois.

Mad. ANGOT.

Faut te distinguer de plus en plus. Fais voir que t'as de la vertu, du sentiment, de l'honneur sur-tout.

VANTADOUR.

Qu'elle est modeste ! O le friand morceau !

Mad. ANGOT.

Je ne lui fais qu'un reproche, moi; trop de tristesse avec les amis.

DUTAILLIS.

Un grand génie l'a dit cent fois : Voulez-vous sur monter le chagrin, battez-vous avec lui, si vous n'êtes pas le plus fort....

Mad. ANGOT.

Vous êtes le plus faible; c'est ce qui lui arrive, et c'est ce que je ne veux pas.

VANTADOUR.

C'est une maladie de langueur..... Il faut la tirer
de là.

Mad. ANGOT,

Allons donc, ma fille, allons donc, toujours pleur-
nichant, toujours de pus pire en pus pire. Que je ne
m'appelle pas Susanne Canillet, veuve Angot, si tu n'as
pas l'air de la véritable Magdeleine qu'avait eu......
qu'avait eu de mauvais penchans. Qu'as-tu donc, mon
enfant?

MAGDELEINE.

Rien, mame Angot; quoique ça il y a queuque chose
que je vous conterai dans un autre quart-d'heure. Il y
a dans la vie des circonstances....

Mad. ANGOT.

Faut que je sache la tienne aujourd'hui. Je t'ai placée
ici à cause de ton malheur, que tu ne m'as pas dit; tu
m'as intéressée sans parler; je me suis liée à toi sans
motif; nous avons causé quatre ans ensemble sans
m'expliquer ton origine; c'est fort bien; ça passe tout
le monde; c'est égal; je ne t'ai demandé ton secret
qu'aujourd'hui; c'est à merveille; il faut me dégoiser
sur l'instant le mystère de tes chagrins.

MAGDELEINE.

Je n'ai rien de caché pour une personne de vot'
genre.... mais....

Mad. ANGOT.

Tu vas donc parler?

BALIVAR.

Faites-là parler.

DUTAILLIS.

Elle parlera.

Mad. ANGOT, *à Magdeleine, qui lui parlait tout bas.*

Ce monde va se retirer.... Balivar, vous ne feriez pas mal d'aller nous rincer queuques verres pour attendre la définition du dîner. Quand on a monté z'en un clin d'œil de la basse à la haute Courtille, et de chez Desnoyers à l'Isle d'Amour, on peut ben supporter z'un rafraîchissement. Chopine de mêlé, je vous en prie; préparéz ça, nous vous suivons. J'ai t'a causer avec elle en particularité.

BALIVAR.

Il ne faut pas de préparatifs pour ça. Je vais apporter tout de suite....

Mad. ANGOT.

Non, je vous dis. J'y suis aussi vîte que vous.

BALIVAR.

A la cave, Pierre, viens-t'en..... Sachez si vous pouvez....

Mad. ANGOT.

Laisse-moi faire.

SCÈNE XIII.

LES MÊMES, *excepté* BALIVAR *et* PIERRE.

Mad. ANGOT.

MES amis, je ne vous dirai pas que vous êtes de trop ici, mais vous m'obligeriez beaucoup de vous en aller de suite faire un tour à la cuisine.

VANTADOUR, *la tirant à l'écart.*

J'aime; je suis fou de l'incomparable Magdeleine.

Mad. A N G O T.

Diantre ! ça t'a donc pris bien vîte ?

V A N T A D O U R.

Je languis, et ça, depuis quatre minutes.

Mad. A N G O T.

Je parlerai pour toi, je me décide tout de suite aussi.

V A N T A D O U R.

Dutaillis, viens-t'en, mon ami. (*En fixant Magdeleine.*) Ma belle cousine, je brûle.

Mad. A N G O T.

Va te rafraîchir, va.

SCÈNE XIV.

Mad. ANGOT, MAGDELEINE.

Mad. A N G O T.

Dis-donc, Magdeleine, écoute ici. Comment que tu trouves celui qui s'en va t'en habit d'officier militaire ?

M A G D E L E I N E.

Il a le truc, je vois ben ça : c'est un homme d'induction dans la médecine; mais il est vilain de figure.

Mad. A N G O T.

La figure et la taille ne font rien z'à ça : comment le trouves-tu pour le reste ?

M A G D E L E I N E.

Il est honnête et poli z'en société.

Mad.

Mad. ANGOT.

Eh ben, veux-tu que je te dise ? il est amoureux, fou de toi.

MAGDELEINE.

De moi ! ès-ce une riserie qu'il fait de ma disgrace infortunée ?

Mad. ANGOT.

Non ; il vient de me confier sa passion pour toi : t'en feras ce que tu voudras. Tu lui a pris son cœur en le saluant. J'ai réfléchi là-dessus : c'est un coup de fortune. Ce mariage est baclé, si tu veux.

MAGDELEINE.

Mame Angot ! ô ma bienfeutrice !

Mad. ANGOT.

Ne pleure pas, et réponds-moi.

MAGDELEINE.

Ah ! si vous connaissiez l'histoire de mes peines !

Mad. ANGOT.

Je devrais le savoir depuis trois ans : c'est-y ma faute à moi, si tu me l'as pas contée plutôt ? t'as ben eu le tems de me réciter ça : c'est gauche de ta part ; c'est égal, je te pardonne ; mais à condition que tu vas parler tout de suite. Qu'ès-ce que tu dis ! voyons.

MAGDELEINE.

J'ai t'eu le courage de mal faire, aurai-je t'y celui d'avouer ?....

Mad. ANGOT.

Il faut pourtant que je le sache ; je ne suis ici que pour ça.

MAGDELEINE.

Vous avez de trop fortes raisons pour ne pas savoir mes faiblesses.... mais que cet aveu z'est cruel !

C

Mad. ANGOT.

Je sais que t'as du sentiment ; va toujours.

MAGDELEINE.

Vous avez entendu parler d'une certaine Manon, femme Roussel ?

Mad. ANGOT.

Manon ! la fille de Cloutier, Manon qui a t'épousé Cadet, et qui, après quatre ans de ménage, l'a planté là pour suivre Blanchet, qui l'a soulevée à son maître... Manon ! tu la connais ; ah ! queu mauvais garnement ! gnia qu'un cri z'à la Halle contre elle... Tu la connais !....

MAGDELEINE.

Si je la connais ?

Mad. ANGOT.

Parle !

MAGDELEINE.

Vous la voyez t'expirante à vos pieds.

Mad. ANGOT.

Qui ? toi !

MAGDELEINE.

Moi !

Mad. ANGOT.

Jour de Dieu ! toi ! cette criature. (*Elle lève les poings sur elle.*)

MAGDELEINE.

Ne tapez pas ; écoutez.

Mad. ANGOT.

Eh ben, relève-toi.

MAGDELEINE.

Conscience, douleur, remords.

Mad. ANGOT.

Velà assez de paroles com' ça : je ne t'en veux plus ;
je vois ben que t'es répentante. Mais satané, queu
giries que t'as donc fait !

MAGDELEINE.

Vous l'avez dit ; le monde entier le sait ; ce n'est
qu'un cri dans la rue de la Calandre. Blanchet, son
héritage à Montreuil, ses cadeaux, le bal de Luquet,
tout m'a t'entraînée à ma perte.... Oh ! mon pauvre
Cadet !.... j'ai ben senti tout ça ; je t'ai trahi que par
faiblesse. T'es toujours au fond de mon cœur.

Mad. ANGOT.

Remets-toi, ma fille, reprends tes sens. Ecoute :
j'allons manger un morceau ; après dîner, nous verrons
à te tirer d'affaire.

(*On entend des cris.*)

SCÈNE XV.

LES MÊMES, PIERRE, *accourant.*

PIERRE.

Au secours ! au secours !

Mad. ANGOT, MAGDELEINE.

Ah ! mon dieu.

MAGDELEINE.

Qu'est-il donc arrivé ?

Mad. ANGOT.

Qu'ès que c'est ?

C 2

PIERRE.

Vot' gendre est perdu , vous n'avez plus de gendre !

Mad. ANGOT.

Dutaillis.... il est mort !

PIERRE.

Non , il est nayé.

Mad. ANGOT.

Je me meurs.... Ah ! courons.

PIERRE.

Ce n'est pas la peine ; restez : vous allez le revoir ;
on a porté remède à ça.

Mad. ANGOT.

Avance le banc, Magdeleine , ou je vas tomber sur
le coup.

PIERRE.

N'ayez pas peur : je vous dis que ce n'est plus rien.

Mad. ANGOT.

C'est-y vrai ! mais quel accident?....

MAGDELEINE.

Voyons , parle , dis donc?

PIERRE.

C'est l'histoire du pont Chinois qu'est sur cette marre,
qu'on disait de la plus forte solidité ! Le Citoyen Dutaillis traverse dessus sur les bords ; velà que les planches
craquent sous lui ; il s'enfonce a pus de six pieds dans
la marre.

Mad. ANGOT, avec un cri.

Mon gendre !

PIERRE.

Il en est retiré, je vous dis. Ce particulier qui ne parle à personne, cet ours qui fuit du jardin quand il y a du monde, s'est trouvé là, tout exprès pour voir l'accident, se mettre à la nage et le tirer par les cheveux, tout vivant.

Mad. ANGOT.

Ah ! je respire : il est sauvé !

PIERRE.

Tout chacun accourt pour remercier cet inconnu, qui s'esquive à toutes jambes, et referme sur lui la porte de son pavillon.

Mad. ANGOT.

Allons, et pus vîte que ça. Je veux, je veux voir Dutaillis.

PIERRE.

Tenez, tenez, le velà qui vient.

SCÈNE XVI.

LES MÊMES, DUTAILLIS, *couvert de boue, poudré d'un côté, une face mouillée et pendante*, VANTADOUR, BALIVAR, GARÇONS.

Mad. ANGOT.

Dutaillis ! Dutaillis !

DUTAILLIS.

Belle-mère, je l'ai échappé d'une belle. Dans le chapitre varié des accidens universels, l'histoire n'offre nulle part.....

MAGDELEINE.

Comme il est fait !

C 5

Mad. A N G O T.

Heureusement qu'il a t'eu plus de peur que de mal.

V A N T A D O U R.

Sans cet ostrogot qui se cache, il périssait dans le bourbier.

P I E R R E.

Pardié, il en avait jusque par-dessus les oreilles....
(*A son père :*) Je vous disais ben que ce pont chinois....

B A L I V A R.

Tais-toi. (*A la société :*) Je comptais sur sa solidité.
Mes regrets sont, je vous jure....

Mad. A N G O T.

Allons, voyons, mon gendre, allez changer de re-guingotte.

D U T A I L L I S.

Pourquoi donc ça ? il fait soleil.

B A L I V A R.

Non pas ; j'ai des habits ; venez.

D U T A I L L I S.

J'accepte ; mais avant tout, je veux remercier mon bienfaiteur. La reconnaissance chez les anciens....

P I E R R E.

Oui, oui ; si vous pouvez lui parler, à la bonne heure.

M A G D E L E I N E.

Moi, qui demeure ici depuis long-tems, je ne l'ai pas encore entrevu z'une fois.

Mad. A N G O T.

Qu'ès que c'est donc que ce Chinois-là ?

B A L I V A R.

Je ne le connais pas ; mais c'est un galant homme.

D U T A I L L I S.

Certainement.

VANTADOUR.

C'est un misantrope.

Mad. ANGOT.

Je veux le voir ; il faut l'inviter z'à diner.

VANTADOUR.

Je me charge de la commission.

DUTAILLIS.

Et moi, je vais me rechanger.

BALIVAR.

Magdelon, Pierre, suivez-moi.

VANTADOUR.

Je vais moi.....

Mad. ANGOT.

Non, restez ; j'ai deux mots à vous dire.

SCÈNE XVII.

VANTADOUR, Mad. ANGOT.

VANTADOUR.

JE vois, j'entends, belle et bonne cousine. Vous vous êtes occupée de l'état de mon cœur.

Mad. ANGOT.

C'est l'artique que je veux vous conter....... Un moment, un moment ; velà queuque z'un ; c'est probablement le compagnon qui accompagne l'inconnu.

VANTADOUR.

Cela se sent bien ; parlons-y ; nous l'avons belle pour voir son maître.

Mad. ANGOT.

Il vient de ce côté.

C 4

VANTADOUR.

Allez-vous-en, pour ne pas l'effaroucher.

Mad. ANGOT.

T'as raison ; arrange ça ; amène-nous son bourgeois.
Je vas boire un verre de vin.

SCENE XVIII.

VANTADOUR, CATONNET.

VANTADOUR.

Mon ami?

CATONNET.

Qu'ès que vous voulez ?

VANTADOUR.

Je veux parler à ton camarade.

CATONNET, *ironiquement.*

Comptez là-dessus !

VANTADOUR.

Mais , mon ami, pourquoi ?....

CATONNET.

Allez donc ; c'est impossible.

VANTADOUR.

Tiens , voilà quatre francs.

CATONNET.

Et laissez donc.

VANTADOUR.

Rends-moi ce service.

CATONNET.

Tems perdu.

VANTADOUR.

Cède à mes prières ; je ne veux de lui que quatre

minutes ; dis-lui qu'un chirurgien-major veut avoir celui de le voir.

CATONNET.

Non pas, j'aurais des coups. Cela m'est défendu ; j'ai du caractère.

VANTADOUR.

Quoi ! vous me refusez ?.....

CATONNET.

Votre ton m'intéresse. Allons, je me résigne ; tenez, ça s'arrange le mieux du monde pour m'épargner des reproches. Je suis l'avant-garde ; il fait beau ; il m'a mis en avant pour chasser le monde. Il vient déclamer au soleil ; le voilà près du puits : ne faites mine de rien. Je vas lui dire deux phrases pour vous le faire venir sur le coup.

VANTADOUR.

Quelle obligation ! Si vous avez besoin de mon service, vous pouvez......

CATONNET.

Non pas.....·Attention : le voilà qui vient.

(*Menu paraît dans le fond de la scène.*)

SCÈNE XIX.

MENU, VANTADOUR, CATONNET.

(*Catonnet, dans l'enfoncement, parle à Menu.*)

VANTADOUR.

J'AI donc réussi. Il n'y a personne comme moi pour surmonter les obstacles.... Il lui parle, il lui parle.

CATONNET, *à Menu.*

Tenez, c'est celui-là. (*Il se retire.*)

SCENE XX.

MENU, VANTADOUR.

MENU, *d'un air sombre.*

Qu'ès qu'il y a pour votre service?

VANTADOUR.

Excuse et pardon si..... (*Le reconnaissant.*) Que vois-je? Est-ce toi, Cadet?

CADET.

Vantadour! (*Ils sont dans les bras l'un de l'autre.*) mon ami!

VANTADOUR.

Est-ce bien toi, Cadet, mon cher Cadet?

CADET.

C'est moi-même en personne.

VANTADOUR.

Ton visage est tout renversé. Qui t'a donc changé comme cela?

CADET.

La main du diable! (*A lui-même.*) Paix donc, bavard, paix donc. (*A Vantadour.*) Mais comment donc, pourquoi que je te vois ici? qu'ès que tu me veux, Vantadour?

VANTADOUR.

Rien de si singulier, mon ami. Velà que je cherchais comment j'aborderais un sauvage, et je me trouve avec un ami de ma connaissance.

CADET.

C'est donc pas moi que tu cherchais?

VANTADOUR.

Non, mon ami. Tu viens de sauver la vie à l'un de mes parens, savant dans les histoires ; une famille distinguée voulait te voir, la famille Angot ; tu as refusé de recevoir ce matin une certaine Magdeleine qu'on envoyait pour ça. Je m'en suis chargé, moi, et voilà le pourquoi de l'incident qui te procure l'avantage de ma personne. Tu es mon ami.

CADET.

A la vie et à la mort... mais va-t'en. Je ne peux te souffrir que comme ça.

VANTADOUR.

Le diable m'emporte si je te comprends. Quel langage! Pourquoi te retournes-tu comme ça! voyons, Cadet, que je te voie. Comme ton regard est terni ! Qu'est devenu ce bel œil étincelant qui déchiffrait si bien les cœurs dans les tragédies?

CADET, *avec un sourire amer.*

Oui, j'ai bien déchiffré les cœurs.

VANTADOUR.

Tu viens de faire un sourire de lion : mais qu'ès qu'il t'est donc arrivé?

CADET.

Des aventures..... catastrophes..... des coups de possédé. Tiens, puisque je peux te parler en ami, va-t'en, si tu veux m'obliger.

VANTADOUR.

C'est Cadet, mon compagnon, mon camarade, qui me parle sur ce ton-là ! N'avons-nous pas vécu comme frères ? N'avons-nous pas roulé z'ensemble à Melun, Chartres, Moulins? Ne t'ai-je pas guéri d'une distinction de voix à Cahors? exposé ma vie et mon corps pour toi à Paris, quand on te lança des boulettes ? Cadet, jé suis confus de te rappeler ce que tu me dois ; ne vas pas croire au moins que je te parle pour ça des cinquante-trois sous de restant de compte que je te prêtai chez Courtaud. (*Il frappe sur sa jambe, et tue une mouche qui le pique.*) Les vilains animaux.

CADET, *à part.*

Je ne me souviens pas de ça.

VANTADOUR.

J'ai une composition qui détruirait ces insectes dans un quart-d'heure. C'est cette marre qui les produit.

CADET.

On les détruit peu z'à peu.

VANTADOUR.

Puisque tu m'appelles comme ça, parle à cœur ouvert, que je te rende encore des services.

CADET.

Tu peux t'en aller, je te dis.... (*Avec force et humeur.*) Laisse-moi !

VANTADOUR.

Cadet.

CADET.

Tu me scies.

VANTADOUR.

Rougis de toi-même : un homme d'un génie transparent comme toi, se laisser aller comme un enfant ! un caractère tragique comme le tien, faire des farces comme ça !

CADET.

Ecoute-moi, mon ami. Je ne te voulais rien dire ; mais je vas t'instruire sur tout, point par point.

VANTADOUR.

A la bonne heure ; velà un homme.

CADET.

Ecoute-moi. Que mon quartier dise de moi ce qu'il voudra, que la Halle m'approuve ou me blâme, ça m'est égal.

VANTADOUR.

Tu peux te confier, je te dis. Je serai aussi discret que toi.

CADET, *voyant rôder Catonnet.*

Un moment, mon ami ; j'ai quelque chose de conséquent z'à dire à mon homme.... Catonnet !

SCENE XXI.

CADET, VANTADOUR, CATONNET.

CATONNET.

QUE voulez-vous ?

CADET.

Assis-toi là ; pardon. J'ai à deviser avec lui.

VANTADOUR.

Va ton train, mon ami.

CADET, *à Catonnet.*

Nous partons demain d'ici sans retard, sur les deux heures du matin.

CATONNET.

Cependant....

CADET.

Je le veux.

CATONNET.

Mais la raison.

CADET.

Ça ne te regarde pas.

CATONNET.

Pour quel endroit ?

CADET.

Pour le bout du monde, s'il faut. On va me découvrir et m'harceler ici.

CATONNET.

La Haute-Courtille est si belle; l'air y est si pur et si bon. Où aller pour trouver mieux ?

CADET.

A la Nouvelle-France. Je l'ai décidé comme ça.

CATONNET.

Après tout, comme vous voudrez. (*Il est piqué par les mouches.*) Le diable emporte ces bêtes-là. (*Il tape sur sa main.*)

CADET.

Il ne s'agit pas de ça. Va-t'en retirer mes enfans de l'endroit où ès que tu sais bien. Conduis-les-moi de ma part.

CATONNET.

Vous les emmener !

CADET.

Obéis.

———————————

SCENE XXII.

VANTADOUR, CADET.

VANTADOUR.

As-tu fini ?

CADET.

M'y velà.

VANTADOUR.

J'écoute.

CADET.

Tu ne seras pas venu ici pour rien. Tu sais que nous nous quittâmes lorsque nous nous séparâmes dans la rue aux Fers, que tu partis pour ton voyage d'Auxerre. J'avais déjà beaucoup travaillé au café Bontems, puisque, comme tu dis, tu me revengeas des boulettes. Je me serais dégoûté du spectaque, sans le desir d'être utile à mon pays natal et d'y ramener les principes de la bonne déclamation. J'allais de pus fort en pus fort ; j'inventai de nouveaux empoisonnemens dans la finale des tragédies ; je fis des miraques sur scène, à la barbe des cabaleurs. Ils se mirent tous contre moi pour la ruine de ma perte. Je n'en fis ni une ni deux. Il faut une fin, je la fis. Je trouve un engagement pour le département de l'Ardèche. J'y roule mon corps pendant quatre mois ; j'étais tout abimé. Le maître de la comédie s'en va sans payer. Je reviens cheu nous ; je quitte l'état pour un établissement à la Halle. J'ai la place de la Fontaine pour le peigne et pour le rasoir. C'est-là que je prends une femme.... quelle femme, ah ! mon ami !....

VANTADOUR.

Va donc, va donc.

CADET.

Pour te couper au plus court, l'histoire des envieux encore. Un parasol qui bouchait mon enseigne aux pratiques, me fait avoir un procès. Je me bats avec Cloutier, mon beau-père. Son adorable enfant, mon épouse, me suit. Je reviens à ma première ressource. La princesse de Poitou me tire de là. Je fais des élèves : j'en lâche par-tout. Les jaloux se réveillent. Par un contraste bien singulier, les uns disent que je suis bête, les autres que j'ai pas d'esprit. Ils signent tous ma perdition. Le coup réussit. Mon école est fermée, et je reste avec mes habits. J'avais ben encore quelques liards qu'il fallait pas manger sans rien faire. Je me retire à Vaugirard pour donner des leçons en ville. J'y crois retrouver le bonheur. En effet, je jouissais du repos, de la société de quelques jolies connaissances, d'une femme.... une femme, l'innocence même, le modèle le mieux frappé des qualités physiques et sensuelles. Génie, esprit découplé, z'embonpoint, il ne lui manquait que les talens qu'elle n'avait pas ; elle avait autour de seize à vingt-huit ans ; un trésor prématuré, un Phénix..... Ah !..... comme j'y étais attaché ! que de momens de pure jouissance ! comme elle m'aimait ! je lui dus ma progéniture.... Elle multiplia mon image, des enfans beaux comme le jour.... Ah ! je connus alors la paternité du bonheur; ah ! (*Il se donne un soufflet.*) Encore une mouche ; on ne les détruira jamais.

VANTADOUR.

Achève ; va toujours.

CADET.

Un de ceux dont j'avais fait la réputation et la gloire, un commis de la Marée que je formais pour le grand genre, un ami qui l'avait long-tems poursuivie, et à qui j'avais tout pardonné, Blanchet me souleva Manon ; ils disparurent tous deux ensemble. Le coquin devint riche à la mort de son père ; il eut la maison de Montreuil. Promesses, présens, fiacres, bal de Paphos, il employa tout pour séduire une jeunesse qui m'adorait. Je la perdis. Juge de mon état. Je vendis mes z'hardes, mes meubles, mon fonds ; je fis de l'argent de tout ça. Je m'exclusis de tout le monde. Me reprocheras-tu à présent d'être trop squrnois, trop brutal ? On serait misantrope à moins.

VANTADOUR.

Pas du tout, mon ami ; une femme pareille ne doit donner aucuns regrets.

CADET.

CADET.

Je l'estime.

VANTADOUR.

Où est-elle ?

CADET.

Ça m'est inférieur.

VANTADOUR.

Et tes enfans ?

CADET.

Je fais soigner leu z'éducation dans un endroit où ès qu'on ne leur apprend rien du tout.

VANTADOUR.

Tu vois ben que c'est encore par principe de bêtise.

CADET.

Tant mieux; laisse-moi. Les enfans, les hommes, les femmes, je ne veux rien, je n'aime rien; au diable tout être vivant.

VANTADOUR.

J'espère que Vantadour est excepté, et que tu céderas aux instances de ma famille qui t'attend.

CADET.

Pus de commerce avec personne. Laisse-moi.

VANTADOUR.

Demain je te laisserai; mais aujourd'hui, il faut que tu te laisses remercier par mes parens.

CADET.

Eh bien, que ce soit comme par hasard, une espèce de rencontre; arrange ça pour l'honneur de mon caractère.

D

VANTADOUR.

Ne t'embarrasses pas. Tiens, le hasard nous sert : les voici, les voici. (*Criant :*) Mame Angot, Dutaillis, par ici.

CADET.

Quelle mal-adresse !

VANTADOUR.

Laisse-moi faire. (*Criant :*) Je viens de rencontrer notre bienfaiteur..... Promène-toi. (*Cadet prend son livre, et semble vouloir se soustraire.*)

SCÈNE XXIII.

CADET, VANTADOUR, Mad. ANGOT, DUTAILLIS, *changé de costume*, BALIVAR, MAGDELEINE, PIERRE.

DUTAILLIS, *allant à Cadet.*

Mon sauveur !

Mad. ANGOT, *le faisant tourner de force.*

Brave inconnu, viens donc ici.

(*Cadet s'avance, s'incline vis-à-vis de la société ; Manon le regarde, le reconnaît, pousse un cri, et tombe sans connaissance dans les bras de madame Angot Cadet jette un regard sur elle ; il pousse un cri sourd, et prononce le nom de Manon. Pendant que Dutaillis, étourdi de l'événement, aide Balivar à porter Manon dans le pavillon, Cadet, stupéfait, regarde enlever Manon dans le pavillon, et reportant ses regards sur madame Angot, il reste muet d'étonnement, et sort.*)

DUTAILLIS, *en sortant.*

Quelle histoire !

SCÉNE XXIV.

Mad. ANGOT, VANTADOUR.

Mad. ANGOT, *revenant avec peine.*

Un verre de cassis, Vantadour ; je n'en puis plus, je me meurs.

VANTADOUR, *fouillant dans sa poche.*

Tenez, prenez ça.

Mad. ANGOT.

Avec quoi c'est-il fait ? c'est-y de l'eau-de-vie ?

VANTADOUR.

Oui , distilée avec des noyaux d'abricots. (*Il l'arrête à mesure qu'elle boit.*) Pas toute la fiole au moins ; votre estomac....

Mad. ANGOT.

Digère le fer. Quelle entrevue ! queu coup du sort !

VANTADOUR.

J'en suis atterré , mame Angot.

Mad. ANGOT.

Elle rencontre son époux.

VANTADOUR.

Cadet rencontre son épouse. L'eussiez-vous dit !

Mad. ANGOT.

L'eusse-tu cru ! comme un fait z'esprès. Quel spec-

D 2

t*que ! (*Se levant avec force.*) Mon homme, mon homme, il faut les secourir et les remettre ensemble.

VANTADOUR.

Je le veux ben ; je n'ai plus d'amour : rappatrions-les.

Mad. ANGOT.

Il faut finir ça au pus vite ; je ne mangerions pas d'aujourd'hui.

SCÈNE XXV.

Mad. ANGOT, VANTADOUR, CATONNET,
quatre ou six enfans.

VANTADOUR.

VELA son confident, son homme d'affaires, tenez.

Mad. ANGOT.

Viens ça, mon garçon.

VANTADOUR,

Ce sont les enfans de mon ami !

CATONNET.

Qu'ès que ça vous fait !

Mad. ANGOT.

Ses enfans !

CATONNET.

Oui ; après.

Mad. ANGOT.

Ah ! queu coup superbe il me vient !

VANTADOUR.

Je parie que j'ai la même idée.

Mad. ANGOT.

Voyons ça, pour voir.

VANTADOUR.

Ça va rachever le racommodement.

Mad. ANGOT.

Ne t'en vas pas, mon bon ami.

CATONNET.

Laissez donc ; j'ai mes ordres.

Mad. ANGOT.

Tu ne sais pas ce qui vient d'arriver à ton bourgeois ;
veux-tu sa mort, ou veux-tu le sauver ?

CATONNET.

Je donnerais mon sang pour lui.

Mad. ANGOT.

Et ben, mène ces innocens à côté du garde-manger,
là, tout auprès de la cuisine ; on t'appellera quand il
faudra. Tu vas finir les disgraces de ton bourgeois.

CATONNET.

Est-il possibe ? ô ciel !

Mad. ANGOT.

Marche donc, pus vite que ça ; attends-moi un petit
quart-d'heure. (*Elle les pousse.*)

VANTADOUR.

Allez.

———————

SCÈNE XXVI.

VANTADOUR, Mad. ANGOT.

Mad. ANGOT.

C'EST le ciel, c'est l'hasard, c'est tout qui vat au mieux.

SCÈNE XXVII.

MANON, *échevelée*, Mad. ANGOT, VANTADOUR.

MANON.

MAME Angot, mame Angot, ouvrez-moi votre sein.

Mad. ANGOT.

Viens, ma fille, viens dans mes bras.

MANON.

Faut-il mourir de joie ou de douleur, de désespoir ou de plaisir? Puis-je t'y le voir encore un moment; c'est la dernière grace que je demande avant ma fin.

Mad. ANGOT.

Oui, mon enfant, tu le verras.

VANTADOUR.

Et pas pus tard qu'à l'instant même; il n'a pas un cœur de rocher. (*Il sort.*)

MANON.

Cadet, mon cher Cadet !

Mad. ANGOT.

Y a du remède à tout : ne t'ahuris pas comme ça ; console-toi ; j'allons tout faire.

MANON.

Le revoir ! j'en suis pas digne, je le sais ; mais il le faut z'absolument.

SCÈNE XXVIII.

CADET, *entraîné par Vantadour*, VANTADOUR, *au fond de la scène*, MANON, Mad. ANGOT, *sur le devant*.

Mad. ANGOT.

On va te servir à souhait. Courage, ma pauvre Manon. Déjà Vantadour ; il est expéditif. Ma fille, voici le quart-d'heure.

VANTADOUR.

Veux-tu être la cause d'un massacre ?

CADET.

Non ; elle est toujours là ; mais l'honneur est plus fort que ça.

Mad. ANGOT.

On te l'amène.... Le velà.

MANON.

Ah ! laissez-moi seule avec lui.

Mad. ANGOT.

Vantadour, viens-t'en ; ils vont s'arranger ensemble.

SCÈNE XXIX.

CADET, MANON.

MANON.

Roussel, auter fois, mon époux !....

CADET.

Qu'ès que tu veux, Manon ?

MANON.

Non, non.... Cadet, je vous prie, ce ton de dou-
ceur ne va pas au vis-à-vis d'une perfide.

CADET.

Eh ben, qu'ès qu'il vous faut !

MANON.

Des reproches, des coups, je les ai mérités.

CADET.

Je n'ai jamais battu les femmes.

MANON.

Je m'en vas vous tout déclarer.

CADET.

C'est pas la peine ; je sais tout.

MANON.

Je n'entends pas que vous me pardonniez ; mes sot-
tises vous le défendent. Velà z'un extrait de divorce
pour en prendre un autre que moi.

CADET.

Jamais, jamais : pus de sesque après toi pour moi.

Si t'as de l'honnêteté, fais-le voir : n'attendris pas un
cœur sensible. Un artiss' connaît l'honneur.

MANON.

Eh ben, bon soir, Cadet.

CADET.

Un moment, Manon, un moment. Nous nous sommes
aimé sans le vouloir; vous m'avez trahi sans le savoir;
l'honneur doit être mon devoir.

MANON.

C'est pourquoi que je dis bon soir.

CADET.

Je respecte vos principes : mais promettez-moi de
vous adresser qu'à moi seul, si vous avez besoin de
queuques sous. Velà d'abord ce qui vous revient de la
vente du mobilier, neuf francs quarante-cinq centimes.

MANON.

Tout au contraire : pas de ça : reprenez plutôt vos
affaires. Velà vot' étui de chagrin et vos mirza de similor.

CADET.

Gardez tout.... Que d'honnèretés pour une femme
de son calibe ! Adieu, Manon.

MANON.

Encore un petit moment. Nos enfans se portent-ils
bien ? Puis-je t'y les voir une minute ?

CADET.

Oui, à ce soir.:... Je les attends d'un moment à
l'autre. Je les enverrai cheu Balivar.

SCÈNE XXX et dernière.

LES MÊMES, VANTADOUR, Mad. ANGOT,
BALIVAR, PIERRE, cinq ou six enfans.

MANON.

AINSI, velà donc qu'est fini? .... Nous n'avons
plus rien à nous dire?.....

CADET.

A moins que de recommencer; mais c'est fort inutile...... Adieu......

MANON.

Pour toujours?

CADET.

Pour toujours.

MANON.

Au moins vous ne m'en voulez pas?

CADET.

Pardié, je n'en ai pas sujet.

MANON.

Vous serez bien revangé de tout.

CADET.

Nous nous verrons queuque part où le café Bontems
et la Halle ne pourront plus jaser sur nous.... Adieu.

MANON.

Adieu.....

CADET.

Adieu.....

(*Ici chacun des personnages en scène tenant en ses bras un enfant, s'empresse de le présenter à l'un des deux époux. Cadet et Manon caressent tour-à-tour ces innocentes créatures : ils sont pénétrés de la plus vive émotion, et Cadet s'écrie :*)

CADET.

Manon, embrasse ton époux ! (*On baisse la toile jusque sur la tête des acteurs.*) Un moment, attendez donc, ça coupe trop court. (*On relève le rideau.*) Je veux qu'au moins on se souvienne qu'aujourd'ui j'ai tout oublié.

MANON.

Cadet, mon cher Cadet !

Mad. ANGOT.

Victoire, mes enfans ! Ne quittons pas la place du raccommodement sans boire un coup. Dutaillis, Balivar ; du vin. Ah ça, mes enfans, sans rancune. (*A Cadet et à Manon :*) Ecoutez :

AIR : *Dans la paix et l'innocence.*

Gnia pas d'torts qu'on ne répare,
Pas de grands tourmens sans fin :
Indulgence à qui s'égare,
S'il reprend le bon chemin.
Après la misantropie,
Q'un moment vient de guérir,
Cadet trouve plus jolie
Manon dans son repentir. (*bis.*)

DUTAILLIS.

Après trois ans d'humeur noire,
Vous aurez des jours sereins.
Pardonner, nous dit l'histoire,
Est le devoir des humains.

Car, que deviendraient les habitans du globe terrestre sans ça ?

Une moitié dans la vie,
En pareil cas, sans mentir,
Deviendrait misantropie
L'autre moitié repentir. (*bis.*)

CADET.

De fleurs couvrons Eulalie,
Et de lauriers, son époux :
Louons sans idolatrie,
Et critiquons sans courroux.
Cadet, dont la maladie
A l'instant vient de finir,
Reprend sa misantropie,
S'il vous voit du repentir.   (*bis.*)

F I N.

A PARIS, de l'Imprimerie rue des Droits-de-l'Homme, N°. 44.